당신의
방이

속삭일
때

박지용
이도형
안리타
임화경
이상영

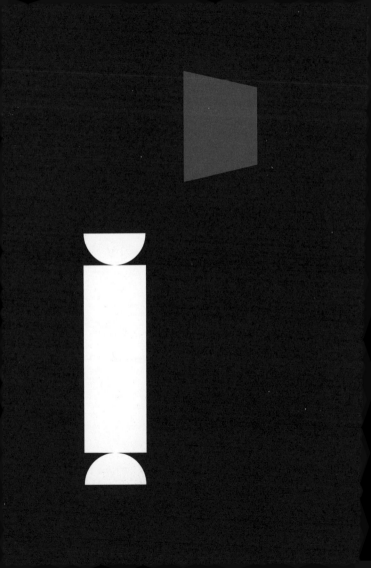

저녁에는 우산으로 이야기를
시작해야겠다고 생각한다

—

박지용

공간 이야기를 하기 앞서, 먼저 우리가 정확히 어떤 공간을
원하는 것인지에 대해 생각해보자. 생각해보면, 2020년
한국에 살아가는 대부분의 사람은 크기의 차이는 있겠지만
외부와 분리된 공간 속에서 살아간다. 즉, 모두 이미
자신만의 공간을 가지고 살아간다는 것이다(자신의 명의가
아닐지는 모르겠지만). 그렇다면 우리는 왜 공간 속에서 또
다른 공간을 꿈꾸는 것일까. 만약 그 공간이 자신의 소유가
된다면, 그 공간의 넓이나 위치가 더 나아진다면 우리의
갈증은 해소될 수 있을까.

당신이 원하는 공간은 어떤 모습인가.

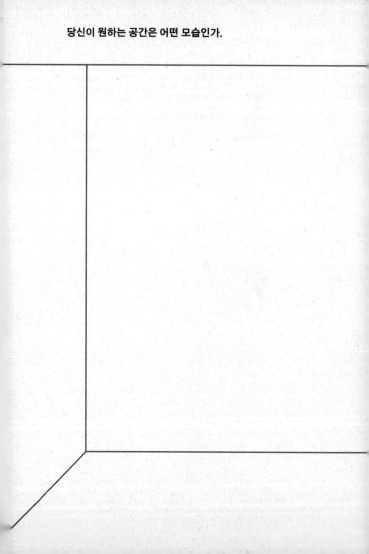

살고 있는 공간이 혼자 사용하는 것이 아니라면 자신만의
공간을 구축하기란 매우 어려운 일이다. 문을 닫고 육면의
벽에 둘러싸여있다 해도 문을 여는 순간, 그곳은 온전히
나의 것으로 존재할 수 없으니(그리고 누군가와 함께 산다는
것은 생각보다 많은 간섭이 존재할 수밖에 없는 법이다). 뭐
사실 당장 부모님으로부터 독립을 하거나, 함께 사는 사람
모르게 별장을 마련하면 된다(가능하다면). 그런데 독립된
공간에서 살면 모든 갈등이 해소될까. 우리가 홀로 존재할
때를 떠올려보자. 심지어 은밀한 곳에서 중요한 일을 보고
있을 때조차도 우리가 가진 잉여로운 시간의 거의 대부분은
남들의 소식 혹은 내 소식에 대한 남들의 반응을 확인하기
위해 쓰인다. 독립된 공간 속에서도 늘 다른 공간을
염탐하고 있는 것이다.

내가 원하는 공간을 얻게 되었다면 우리의 갈증은 해소될까.

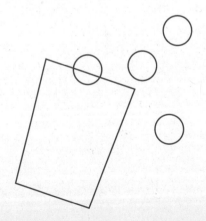

우리는 어쩌면 어떤 '순간'을 원하는 것일지도 모른다. 물론
공간이 뒷받침되어야함을 부정하고 싶지는 않다. 꿈꾸는
공간에 살게 된다면 당연히 행복감은 올라갈 것이다. 생각만
해도 벌써 기분이 좋아진다. 하지만, 우선 현실적으로
꿈꾸는 공간을 얻기는 참으로 어렵다. 우리나라의 면적이
그리 큰 편이 아니어서도 있지만, 적어도 인구가 밀집된
지역에 사는 한, 꿈꾸는 공간을 충분히 누리며 살아가는
사람은 그리 많지 않다. 하지만 여기서 중요한 점은 꿈꾸는
공간이 주어지면 모든 게 해결될 것인지에 대한 부분이다.
돈을 아주 많이 벌어서 정말 꿈꾸던 공간을 얻어 산다고
상상해보자. 그것만으로 정말 우리의 갈증이 해소될 수
있을까. 사실 벌어지지 않은 일을 상상하는 건 쉬운 일이
아니다. 그래서 우리에게 이미 벌어진 일들을 떠올려보면
조금 수월할지 모른다. 우리가 행복했던 순간들, 그 배경이
되는 공간들을 떠올려보자. 각자마다 떠올리는 공간이 다를
것이다. 지금 당신은 무엇이 떠오르는가.

당신이 당신의 공간에서 꿈꾸는 것은 무엇인가.

많은 기억들이 떠오를 무렵 선명하게 그려진 하나의 장면이
있다. 밤이 깊으면 방 한켠에 남몰래 모습을 드러냈던
나의 동굴. 바로 이불 속 나의 아지트. 어릴 적, 우리는
사실 이불과 작대기 하나만 있으면 모든 것이 가능했다.
누군가 이불을 들춰내지만 않는다면 그곳은 언제든 우리가
원하는 장소가 되었고, 그곳에는 우리가 원하는 모든 것이
존재했다. 생각해보면 아무것도 없는 이불 속에서도 우리는
아주 행복했다.

당신이 공간에서 정말로 원하는 것은 무엇인가.

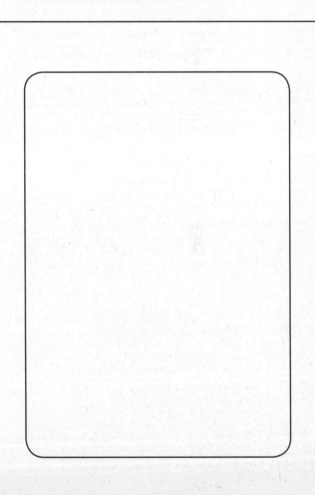

며칠 전 실험을 위해 막대기 역할을 할 적당한 물건을 집어
들고 이불 속으로 들어가 보았다. 핸드폰으로 불빛을 만들고
이제 무엇을 하면 좋을지 생각해봤다. 책을 읽으면 좋겠다
싶어 평소 읽기를 미뤄두었던 책을 가지고 왔다. 낭만적인
기분이 들었다. 어릴 적으로 돌아간 것만 같기도 했다. 몇
페이지를 넘기지 못하고 잠이 들었다는 게 큰 함정이긴
했지만. 꿈에서는 사랑하는 사람들이 나왔다. 우리는
즐겁게 이야기를 나누고 맛있는 음식을 먹었다. 설거지를
내기 삼아 카드게임을 했다. 졌지만 하나도 기분이 나쁘지
않다. 과일을 깎아 못 다한 이야기를 나눈다. 웃음이 멈추지
않았다. 웃다가 잠에서 깨 꿈에서 만난 이들에게 메세지를
남긴다. 손에는 어제 막대기용으로 들고 온 우산이 있다.
저녁에는 우산으로 이야기를 시작해야겠다고 생각한다.

당신이 원하는 것은 무엇인가.

박지용
사람 위에 있는 모든 제도를 반대합니다.
시집 01 〈천장에 야광별을 하나씩 붙였다〉
시집 02 〈그냥 언제까지 기쁘자 우리〉
문장집 〈점을 찍지 않아도 맺어지는 말들〉
@jiyong.4

문장이 방문을 열 때까지

–

이도형

문장이 방문을 열 때까지

-

창문 아래 책상 위 늘어선 책들 끝에 두 개의 액자가
있다. 하나에는 첫 시집을 냈을 때 오랜 친구가 내 시를
인용하며 그려준 캘리그래피가 담겨있다. 다른 하나는
김환기 미술관에서 구입한 것이다. 1973년 작, Air and
Sound(I)가 담긴 액자다.

나는 요즘 주로 방에서 홀로 시를 쓴다. 대부분의 시인들도
마찬가지일 것이다. 몇 안 되는 친한 시인들에게 물어본
적은 없다. 하지만 왠지 그들도 그럴 것이라 생각한다. 첫
시집을 내기 전에는 길 위에서 시를 썼었다. 잭 케루악의 『길
위에서』를 읽으면서 말이다. 그때는 아무도 마스크를 쓰지
않았고, 게스트하우스에서 처음 만난 여행자들과도 마음
편하게 어울릴 수 있었다.

첫 시집을 낸 뒤 두 번째 시집을 내고 세 번째 시집을
내면서, 나는 도시에서 해변으로, 해변에서 다시 도시로
이사를 다녔다. 이사를 할 때마다 책을 버렸지만 여전히 방
안에는 책이 너무 많다. 평생 버린 옷들보다 버린 책들이 더
많고, 옷장을 채운 옷들보다 책장을 채운 책들이 더 많다.

짙푸른 Air and Sound를 본다. 김환기의 그림을 통해
나는 공기와 소리를 볼 수 있다. 초인이라도 된 것 같다.

하지만 글을 쓰려고만 하면 초라한 인간으로 되돌아온다.
초라함을 담은 은유라도 즐거워해줄 당신이 있다면 좋을
텐데. 방 안의 대기가 굳어갈 때는 음악으로 흔들어야 한다.

최근에는 작업할 때 영화음악을 자주 틀어놓는다. '너의
새는 노래할 수 있어', '애드 아스트라', '8월의 크리스마스'
OST가 방 안을 채운다. 작업하는 책상 옆에는 쳇 베이커를
연기한 에단 호크의 영화 Born to be Blue 포스터가
붙어있다. 문득 파도가 보고 싶다.

바닷가에서 살 때는 거실에서 해변까지 15분이면 걸어갈
수 있었다. 내게 세상에서 가장 충만한 일 중 하나는 해변에
앉아 멍하니 바다를 응시하는 일이다. 함께 수평선을
바라봤던 사람들을 생각하면 가슴이 젖는다. 함께 소실점을
바라보지 못했던 사람들을 떠올려도 가슴은 젖는다.

밀물과 썰물처럼 사람들은 왔다 갔다. 나도 누군가에겐 때론
밀물이었고 때론 썰물이었을 것이다. 시간이 지날수록 내
작은 공간 안으로 들어왔다 떠난 사람들의 공기와 소리가
흐려진다. 그 공기와 소리와 향기와 촉감을 그리워하고,
애정하고, 아쉬워하고, 아파하면서 기록하는 게 나의
업이다. 그렇게 눌러 쓴 문장이 방문을 열 때까지.

당신의 책상 위에 놓인 물건들 중 가장 소중한 물건은 무엇인가요.

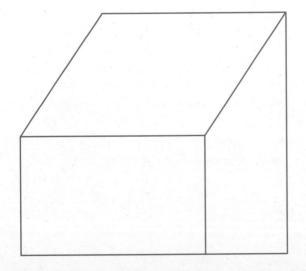

방에 있는 그림, 포스터, 액자 중 하나를 골라 그 기원에 대해 써 봐요.

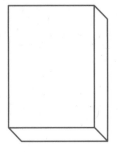

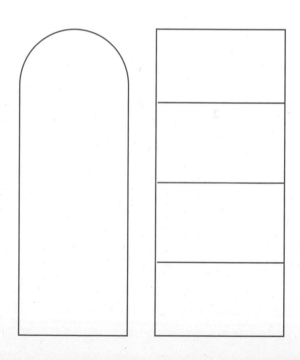

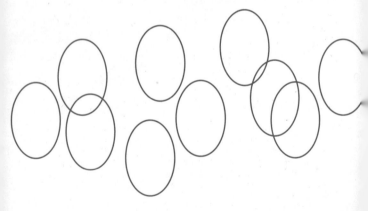

문장의 방문을 열 때까지

--

홀로 긴 밤, 방 안에서 노트북으로 NASA가 우주정거장에서
생중계하는 지구 표면을 보면서 애드 아스트라 OST를
들었다. 애드 아스트라Ad Astra. 별을 향해서, 라는
뜻이다. 바깥도 안쪽도 갑갑한 봄이었다. 역설적으로 나는
막막하고도 빛나는 우주에 대해 시를 쓰기로 했다. 두 평
남짓한 방에서.

비트겐슈타인이라는 언어 철학자는 이렇게 썼다.
"철학의 목표는 언어가 어떻든 끝나는 곳에 울타리를
세우는 것이다."
나는 그 부분을 옮겨 쓴 뒤 바로 아래에 이렇게 썼다.
"그렇다면 시의 목표는 그 울타리를 통과할 문을 만드는
일인가?"

언어가 닿을 수 있는 곳은 우주의 관측 가능한 부분처럼
전체 세계의 일부일 뿐이다.

그 일부는 우리의 방처럼 매우 작은데, 그럼에도 불구하고
그 일부를 소중히 해야 한다. 창문을 열어 환기를 시켜주고,
화분에 물을 주고, 청소를 하고 이불도 털어야겠다. 그런
다음 현관을 열면.

관측 너머의 우주와 언어가 닿지 못하는 그곳에. 진정한 비밀이 숨겨고 있는지도 모른다. 제대로 표현할 수 없는. 과어하고 반짝이는 광활한 우주다. 타자他者라는 두렵고 아름다운 외계. 그 외계와 내 작은 방을 이어주는 문이 바로 시다.

시를 읽고 쓴다는 건 마치 웜홀을 통과하는 것과 같다. 두 평 남짓한 방안에서 소망하며 쓴다.

당신이 닫힌 문장을 열어주기를.

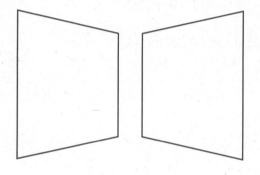

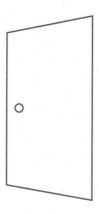

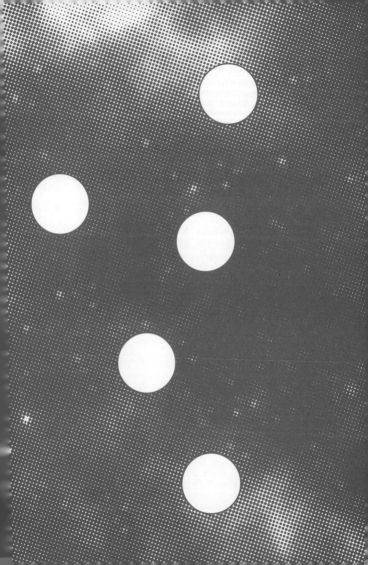

이도형
시가 되는 사람이 있어 시를 쓰는 사람이 되었다.
함께 바다를 보거나 밤하늘을 보면 좋겠다.
시집 『처음부터 끝까지』, 『오래된 사랑의 실체』,
『이야기와 가까운』,
소품집 『사람은 사람을 안아줄 수 있다』 등을 썼다.
독립 영화 『오래된 사랑의 실체』 공동 각본, 감독.
@siul_andlees

내밀한 방

\-

안리타

지쳐서 집에 들어오면 사건은 사라지고 없고, 살아있다, 는 느낌만 남는다. 오늘의 일들을 떠올리다 보면 나는 다만 웅크렸다 피는 하나의 동작으로 남는 사람이 된다. 살아있다.

창밖을 바라보고 있으면 창문이 내 눈동자 같다. 고 생각한다. 그렇게 생각하다 보면 창문이 나를 바라보는 것 같다는 생각도 든다. 그러다 보면 어쩌면 이 삶은 송두리째 거대한 악몽 속에 갇힌 느낌이 든다. 추운 밤이었고 추운 방이었다.

창밖으로 아무것도 보이지 않는 어둠이 내렸다. 나는 살아있다. 얼굴도 모르고 통성명도 하지 않는 밤 벌레 소리가 가만가만 나를 다독이고 있으면 오늘 만난 인간들보다 저들이 더 인자하다. 생각한다.

오늘 밤 밤이는 내 곁에 가까이 누웠다. 슬픔에도 냄새가 나는 모양이다. 가만히 눈을 감고 더럽혀진 마음을 계속 핥아 주고 있다. 불안한 손금도 계속 핥아 준다. 그럴 때면 밤이는 평생 만난 인간들보다 더 인간 같다.는 생각을 한다. 내가 밤이를 살리는 줄 알았는데 밤이가 나를 살리고 있구나, 하는 생각도 든다. 나는 아직 살아있다.

온갖 감정에 휩싸인 하루였다
불을 끄고 침상에 누워 눈을 감는다.
이제 지구의 종말은 내 눈꺼풀 하나에 달렸다.

『모든 계절이 유서였다』 중에서

존재의 방

1.
이제 막, 내면과 악수하듯 대문의 손잡이를 잡는다. 문밖의
거친 기압이 나를 집의 안쪽으로 밀어 넣는다. 나는 문을
꽉 닫는다. 높은 구두를 벗고 나서야 잘 맞은 옷을 입은
것처럼 안도한다.
어둠 속에서 서서히 모습을 드러내는 집 안의 사물들을
둘러보며 안정감을 느낀다. 이제 내 집. 나의 방이다.
내면세계이며 영원히 지속될 자유의 시간이다.

2.

촛불처럼 낮고 은근한 조명 아래 심호흡을 하는 것은
나만의 기도이다. 심장의 맥박이 거의 들리지 않을 때까지,
호흡의 속도를 잃지 않으며 날숨과 들숨으로서 무중력을
실감할 때까지.
그렇게 의식이 소멸한 공간은 하나의 우주 같다. 현혹하는
감각이 더 이상 힘을 발휘하지 못할 때. 감정과 자아가
사라질 때, 세계와 내가 비로소 하나가 되며 태초의 고요가
찾아든다. 이곳엔 오로지 현존의 느낌만 남아있다. 나는
이제 호흡만으로 존재한다. 존재를 거의 느끼지 않는 것.
그것이 나의 존재감이다.

공간은 내게 외부로부터의 피난처이자 자아의 해방,
그리고 정신의 성지이자 동시에 존재의 아늑한 보금자리가
되어준다. 나는 방에 있다는 생각조차 잊는다. 나는 이제
방이 되었다!

내밀한 밤

밤은 발설되지 않은 세상의 모든 침묵만으로 거대하고
육중하다. 해결되지 않은 사유와 혼자만의 비밀들. 하루치
울음을 미룬 채 잠든, 인간의 남은 것들만으로 이 밤은
너무나 깊다.

밤은 방의 사각 모서리까지 단단히 스며들었다. 나는
자정부터 아침으로 이어지는 긴 어둠을 정좌한다. 무엇을
해야 한다는 생각은 거의 하지 않는다. 아무 생각도 하지
않는다. 이 시각을 잠으로 보내는 것이 다만 너무 아까울
뿐이다. 나는 내면의 어둠과 맞닿아있는 생의 테두리를,
가만히 놓아준다.

가만히 듣고 있으면 침묵이 대답할 것도 같은, 어쩌면 그 답변을 받아 적는 것과 같은, 미신 같고 주술과도 같은, 어떤 생각이 여기 없는 생각들을 깨울 것 같은, 어떤 기억들이 먼 과거 속에 앉아 있는 나를 뒤돌아보게 할 것 같은, 말 없는 것들을 조종하는, 밤. 오래 들여다보면 저 멀리서부터 밤하늘이 물결을 이루며 몰려든다. 나는 다른 시차와 섞이는 조수를 느낀다. 나는 서서히 어딘가로 흘러간다.

흘러가며… 어느새 이쪽은 환하고 저편은 까마득하다.

방의 추상화

잔잔한 어둠 속에서의 상상은 나를 새로운 미지의 세계로
향하게 한다. 아무도 모르는 깊은 밤이 찾아오면 자신을
피력했던 한낮의 사물들은 윤곽이 흐려지고, 본연의
색들은 일체 속에 녹아든다. 나를 둘러싼 단단한 벽면이 더
이상 앞을 가로막지 않는다.

나는 밤의 몽상 속에서 넓고 먼 곳까지 존재를 영위한다.
마치 캠퍼스를 뚫고 나아가는 격정적인 화가의 붓
터치처럼. 느낌의 색채와 분위기로 가득 찬 의식은
자유롭다. 아무것도 보이지 않음으로써 잘 보이는,
아무것도 없음으로써 모든 것이 다 있는, 그것은 분명
실재의 공간이며 삶이라는 자화상이다. 영원히 지속될
하나의 추상화이다.

이 형이상학적인 세계의 주인인 나는 내부의 질서를
총괄한다. 감각과, 감정과 의식, 인식과 사유, 현실과
이상, 다양한 층위의 색을 선택적으로 교차시키며, 하나의
그림을 창조한다. 나는 백지 같은 이 공간에서야말로 금기
같았던, 무한한 몽상을 펼칠 수 있다. 이 이상한 세계의
산보가 너무나도 즐겁다!

잠 오지 않는 새벽엔 산책을 한다.
밤새 여러 번 나갔다 들어온다.
그러고 보니 산책은 살아있는 책이라 산책인가

밤공기 속에 누가 이토록 숨 쉬는 문장을 숨겼나.

『모든 계절이 유서였다』 중에서

가장 좋아하는 장소인 집과 숲에는 공통점이 있다.

1.
첫 번째로 입이 없다.
나는 대부분의 시간, 거의 말을 하지 않는다. 잦은 불만과
부정, 아성과 타성, 누군가의 강경한 의견은 고열의
감기같이 느껴진다. 인간의 입에서 발설되는 언어들이
대체로 피로하다. 마음을 환하게 움직이는 힘을 지니는
것은 차라리 침묵이거나, 음악, 울음 같은 것. 그럼에도
무언가 표현을 해야만 사는 나는 세상의 부조리 속에서
자주 외친다. 입이 아닌 손을 통해서.
반향이 아닌 수렴의 언어야말로 가장 인간적이라
생각한다.

두 번째로 눈이 없다.
숲에서는 시각적 긴장을 하지 않아도 된다. 숲의 초입에
다다르기도 전에 청량한 공기가 코끝에 닿으며 나를
어루만지다 이내 주변을 감싸 안는다. 숲은 냄새로 먼저
자신을 알린다. 그 원초적인 후각이 망각을 깨운다. 그리고
영혼에 생명을 채운다.

2.

천천히 걷다 보면 산새 소리. 물소리와 풀벌레 소리,
어디선가 약동하는 생명의 소리가 나의 귀를 깨운다.
자세히 느끼기 위해 눈을 부릅뜰 필요는 없다.
정신의 압축과 집중함이 아닌, 확장과 해제. 후각과 청각은
심신을 열어 자아를 경계를 허물고, 외부와 합일하게 한다.
결국 모든 감각의 총량으로 무시간적인 순간에 다다른다.

도심에서 사용했던 자아의 언어를 잠시 잊어도 좋다.
이곳에선 전혀 다른 감각을 통해 소통한다. 이곳에선
갈등도, 입장도 없다. 단지 발아래에서부터 전도하는 흙의
은근한 온기와 나무 수피 안에서부터 팽팽하게 차오른
수액의 냄새를 맡을 뿐이다. 그것은 긴장과 날카로움으로
무장한 살결을 투과해 심장에 가장 맑고 깊은 울림을
선사한다. 이곳에서 내가 할 것은 없다. 그저 살아있다.
그리고 호흡한다. 숲의 언어를 나는 거의 정확히 듣는다.
나는 아무것도 듣지 않음으로 너무나 잘 듣고 있다.

나는 인간을 피해 이곳에 다다라서야 정말 인간적인
따뜻함을 느낀다. 공격과 방어를 하지 않으며 무조건
적으로 포용하는 자연 곁에서 인간적이다.라는 말을
쓰고 싶어진다. 차가운 누군가의 가슴을 녹여주는 숲의
태도를 인간적으로 닮고 싶다. 그런 생각은 나를 진심으로
인간적이게 한다.

살고 싶은 날에는 숲으로 간다.
생의 자맥을 들으리 나는 간다.
숲은 자연의 심장이라
걸음을 옮길 때마다 발 아래로도 맥박이 뛰었다.

꽃이 지고 나무가 헐벗어도
풀들이 말라 스러져 간다고 해도

나는 바닥의 온기를
계절의 심장 소리를 느낀다
자연은 한 번도 죽은 적이 없다.

『모든 계절이 유서였다』 중에서

천사의 방

이곳, 내밀한 공간에는 기이한 천사 하나가 산다. 키가
한자만 한, 털이 복슬복슬 한, 인간의 것처럼 검고 동그란
두 개의 눈을 가진, 귀여운 천사는 내가 집에 들어오면
달려와 나를 안고 핥기 시작한다. 천사는 줄곧 나를
뚫어지게 쳐다보며 자신의 방을 스스럼없이 보여주고자
한다. 내가 그의 눈을 피하지 않으려 노력하는 이유는 내게
남은 일말의, 사랑이라는 감정을 포기하고 싶지 않아서다.
우리는 가장 가까운 거리에서 내면의 암호를 맞추듯
바라보는 사이가 되었다.

눈 안에 펼쳐진 천사의 방은 순결하며 따뜻하다.
장난스러운 천사는 세상에서 가장 맑고 투명한 자신의
공간 안으로 나를 자주 유도하곤 한다. 동시에 그는 나의
지병인 현실이라는 불치병을 치유한다. 아무것도 하지
않고 바라보는 방식만으로 나의 소란한 마음은 가지런히
제 자리를 찾는다. 감정은 마치 방 안에 있는 가구의
배열처럼 정갈해진다. 천사는 언제나 그렇듯 나의 마음을
정화시키고 평온하게 한다.

천사: 우리집 강아지 밤이

관념 없이 지내는 요즘. 느슨한 채로 충만한 나날들.
코로나가 내게 남긴 건 병과 공포가 아니라 심신의
치유이다. 우리는 적당한 거리에서 서로의 그리움을
확인하며, 각자의 몫으로 남아있는 삶의 생계를 응원한다.
보이지 않는 믿음의 힘줄이 우리를 연결하고 있음을 믿게
해준다. 나는 비로소 이 삶이라는 생업에 오롯이 집중할 수
있게 되었다.

무엇보다 평온하게 지낼 수 있는 이유는 이곳, 내가
사랑하는 공간에는 자아가 없다는 것이다. 자아가
없으므로 눈과 입도 없다. 시선과 입장, 편견 따위도
없다. 자신을 입증하려 하고, 주장하지 않아도 된다. 단지
침묵하는 걸로 족하다. 침묵에는 가득 찬 침묵과, 텅 빈
침묵이 있다. 요즘은 남지 않는 침묵이다.

나와 공간을 분리하기란 쉽지 않다. 공간을 설명하려면 내
내부의 방을 다 묘사할 수밖에 없다. 공간은 내가 안식하고
있는 마음 그 자체이므로. 어쩌면 이 기록은 내밀한,
마음의 방에 관한 이야기일 것이다.

당신은 불면증을 어떻게 달래나요.

당신은 하루의 마감을 어떻게 하나요.

당신의 방에는 무엇이 있나요.

당신에게 방은 어떤 의미가 있나요.

당신의 밤 12시를 묘사해 주세요.

당신은 슬픔을 혼자서 어떻게 달래나요.

당신의 머리맡에는 어떤 책들이 있나요.

주말 아침, 창 밖의 풍경을 묘사해 주세요

안리타
오늘이 마지막인 것처럼 간절히 산다. 보고,
느끼고, 감동하고, 전율하며, 마음을 다해 산다.
독립출판물 『이, 별의 사각지대』, 『사라지는,
살아지는』, 『구겨진 편지는 고백하지 않는다』,
『모든 계절이 유서였다』, 『우리가 우리이기
이전에』, 『사랑이 사랑이기 이전에』, 『리타의
정원』. 등이 있다.
@hollossi

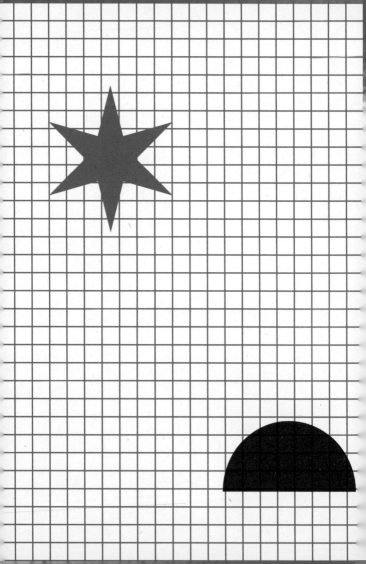

당신의 아지트는 어디인가요

-

임화경

당신의 아지트는 어디인가요?

지하철 2호선 아현역에는 생긴 지 20년이 넘은 카페가
아직도 머무르고 있다. 그 이름은 '테라스'.

단어가 풍기는 공간적 가치가 지금보다 높았던 90년대
중반, 카페나 술집, 옷 가게 등 다양한 분야의 상호로
쓰이던 새초롬한 이 상호는, 기본 도시 생활자에겐 소외의
공간이었을 그곳을 누리게 하는 역할을 했던가? 그렇게도
뻔히 쓰였던 이유를 달리 추측하기 힘들다. 아무튼 N 개의
테라스 중 대표적 하나가 지금 말하려는 아현역에 위치한
테라스인데 20년이 지난 지금에도 내게 이렇게 강렬할
수 있는 건 아마도 나의 스무 살을 대표하는 시퀀스가
만들어진 나름 특정한 장소이기 때문이다. 장소에 대한
보고는 개인차가 있기에 권하고 싶지 않다. 사실, 기억을
지우면 그곳은 아무 곳이 아니게 된다. 기억을 지우면
내가 아무것도 아닌 것처럼. 아무튼 '당신의 아지트는
어디인가?'라는 물음에 떠오른 '테라스'가 지금도
존재한다는 것도 놀랍지만 존치와 함께 놓인 기억도
놀라웠다.

Terrace 미국·영국 ['terəs] : KFC에서 죽치던 고딩의 표피를 벗어던지고 어른 흉내에 몰두하며 시절을 만끽하던 첫 장소

매일 쓴 커피를 주문하고 가끔 면 지갑에 돈이 좀 든 날에는 파르페를 시켜 먹던 곳. 돈가스를 시키면 물처럼 묽은 크림수프를 먼저 내어주고 후식을 선택할 수 있던 곳. 그 시절의 카페들과 별다름이 없는 흔적이지만 그깟 것이 기억에 남은 것은 그 '공간'과 함께했던 '사람'과 시절의 '시간'이 합을 이뤄 풀-파워(full-power)를 발산하여 내 모뉴먼트로 남았기 때문이 아닐까 생각한다. 이제는 생각도 나지 않는 남자로 인해 울고, 웃고, 다투던 일을 시작하고 끝내던 곳. 우정과 배신이 교차하던 시나리오를 그 어떤 탐정보다 촉을 세워 검지하던 곳이었기에 돌이켜보는 것으로도 지극히 행복한 유열 속에 빠진 나 자신을 건져낼 수 있는 공간. '시간'과 '공간'과 '인간'의 기억으로 가득했던 나의 아지트. 당신이 보관된 곳.

공간은 내 기억을 숨기고 있다. 나조차 모르게. 나를 평행하게 놓아두고 머리를 세워 삐딱하게 바라본다. 기억의 확장이 시작되면 진실과 거짓의 극을 일별하는 것으로도 머리가 어지러웠다. 아직 변주도 시작되기 전이다.

하지만 나는 그곳에서 오 분도 버티지 못하고 나와버렸다.
거기가 좋았는데 말이다. 풍선을 밟고 위태롭게 서 있는
아이처럼 나는 앉지도, 서지도 못하고 두리번거리다 타인이
시선을 놓친 틈으로 빠져나와 도망쳐버렸다. 오래된 공간이
가진 나태한 컨디션과 화초처럼 자연스러운 곰팡이와 함께
피어난 절은 담배의 향기가 거슬리고 피부와 손가락만
늙었고 뒷모습이 같은 사장의 앞모습을 확인하기 싫었다.
명확한 장면으로 남은 그때의 날들이 저장된 것은, 공간이
보내는 기억의 신호가 아니라 머물렀던 시간에 대한…
행위에 대한 기억을 대신한 장치일 뿐, 아쉽게도 시간은
이미 흘러 내 저장의 한계를 한참 지나 사라졌다. 붙잡을
겨를도 없는 삶을 지나는 것으로 대신하던 그리움은 계단을
하나씩 내려오며 금세 말라버렸다.

서점 운영에 나만의 루틴이 생겼다. 불을 켠 다음 초를 켜고 향을 피운다. 작은 공간이므로 짧은 시간으로도 확산된 빛과 열과 향을 느끼고 하루를 시작한다. 정착을 위한 심신수련이라면 거창하고 인내를 위한 안간힘 정도가 맞다. 오후에는 길 건너 카페 리:플로우에 들러 커피를 사 마시는 건 반복되는 작업으로 늘어지는 근육과 힘줄을 향한 파이팅이다. 그리고 가끔 예전 서점 자리에 생긴 카페에 간다. 사근거리는 바리스타가 내려주는 커피도 커피지만 내가 오래 머물던 곳에 대한 미련이 아직 남아있는 모양이다. 십분 남짓한 시간 동안 커피를 마시고 집으로 돌아가는 길. 하루에 대한 질문도- 의문도- 반성도- 미련도- 어느새 싹 지워진다.

아지트가 된 곳들. 누군가가 와도, 나 혼자도 가겠다고 마음먹어지는 곳. 무슨 일이 생기지 않을 곳, 예를 들면 새로운 관계를 맺지 않아도 되는 곳이다. 그 말은 관계의 해지도 일어나지 않는 곳일 테다. 말이 필요하고 섣부른 약속이 필요한 '관계 맺음'의 연속에서 나는 분주하다. 그렇기에 나의 일상에서의 어쩔 수 없는 긴장과 수축을 완화시킬 수 있는 곳이 필요하다. '아지트'란 내게 그런 곳이 아닐까? 그곳은 나를 굳게 하는, 얼게 하는, 어렵게 하는 것을 풀어준다. 관계보다 스스로의 충만으로 얻은 곳들. 그저 그런 이유들로 가기 시작해 일상이 된 곳들. 내 시선이 유일한 서사가 되는 공간 속에서 나는 안도를 느낀다.

'시간'과 '공간'과 '인간'의 기억으로 점철됐던 나를
벗어내고 오롯이 내 이유로 만족을 얻은 곳들. 나의 아지트,
그래서 더는 당신이 필요하지 않은 곳.

어제는 그곳의 음악이 좋았고
오늘은 그곳의 온도가 맞았다.
내일도 나는 그곳이 좋은 이유 하나쯤은 쉽게 찾을 수 있을
것 같다.

당신의 관계는 어디서 시작되었나요?

당신의 아지트가 될 수 있는 곳에 꼭 필요한 세 가지는?
(예를 들어 음악 톤, 인테리어 톤 등)

당신은 언제 아지트가 필요한가요?

지금 가고 싶은 곳은 어디인가요?

당장 떠나고 싶은 곳이 있다면 누구와 가고 싶은 가요?

당신은 어디에서 우나요.

당신의 슬픔은 어디에 숨겨 두나요.

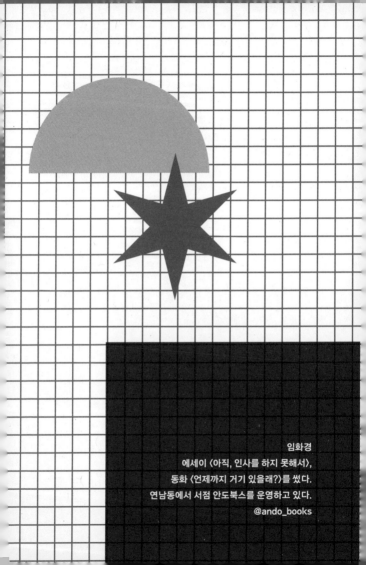

임화경
에세이 〈아직, 인사를 하지 못해서〉,
동화 〈언제까지 거기 있을래?〉를 썼다.
연남동에서 서점 안도북스를 운영하고 있다.
@ando_books

나를 마주하는 방

이상영

책상에 앉아 물 한 잔을 컵에 담고 이어폰을 끼고 류이치 사카모토의 음악을 재생시킵니다. 좋아하는 검정 펜과 줄이 있는 큼지막한 노트도 꺼냅니다. 이 시간은 오랜만에 나와 내가 만나는 시간이 될지도 모릅니다. 힘이 되어주는 책 몇 권을 옆에 두고 공상을 시작합니다. 어린 시절 친구들과 아파트 옥상에서 술래잡기를 하던 순간을 생각해내고 지난달 소나무 숲에서 솔방울을 쌓아 불을 지폈던 기억을 떠올리기도 합니다. 이때 나의 방은 오로지 나만의 것. 그것은 작은 노트이기도 하고 물리적인 공간을 벗어난 추상적인 장소이기도 합니다. 실제로 내 방이 없을 수도 있습니다. 한적한 카페의 구석진 자리나 새벽의 식탁 한구석일지도 모릅니다. 소소한 몇 가지 준비물이 있다면 나의 방은 완성됩니다.

나를 마주하는 방을 위한 준비물

1. 다른 사람의 방해를 받지 않는 시간(약 2시간)과 공간

2. 좋아하는 음악과 이어폰 또는 에어팟

3. 애정하는 펜

4. 두껍고 큼지막한 노트

5. 커피 또는 차 또는 물

"이유를 콕 집어 설명하긴 어렵지만, 카페에서 작업하는 것은 집중력을 높이는 효과가 있다. 카페의 번잡스러운 환경은 글을 쓰겠다는 충동을 감소시키기는커녕 중추신경을 계속 바쁘게 움직이도록 만들어, 결과적으로 당신이 집중하고 있는 더 깊고 고요한 부분이 자유롭게 흘러나오도록 유도한다."

[뼛속까지 내려가서 써라] 나탈리 골드버그

공상을 이어나가는 데 도움을 주는 음악이 있나요?

힘들 때 의지가 되는 책이 있나요?

다른 사람의 방해를 받지 않는 '독자적인' 시간과 공간을 가졌나요? 음악 재생을 제외한다면 핸드폰의 다른 기능은 사용하지 말아보세요. 두 시간동안은 다른 일들은 잊는 겁니다. 여기에 감초처럼 필요한 준비물은 바로 '고독'입니다.

고독하다는 건 좋은 일이지요. 고독이란 어려운 것이기 때문입니다.

어렵다는 것, 그것이 우리가 그 일을 하는 이유입니다.

확고한 믿음과 인내를 가지고 위대한 고독이 활약하도록

내버려두십시오. 고독은 당신의 인생에서 지워지지 않을 테니

말입니다. 고독은 앞으로 당신이 경험할, 그리고 실행할 모든 일

속에서 익명의 영향력을 띠고 조용히 본질적으로 작용할 것입니다.

[젊은 시인에게 보내는 편지], 라이너 마리아 릴케

TV로 태풍이 지나간 풍경을 망연자실 바라보고
있었습니다. 건물의 외장재가 뜯겨져 길에 여기저기 흩어져
날아다니고 있었습니다. 그 이미지가 며칠 동안 머리 속에
남아있었습니다. 껍질이 다 벗겨진 건물. 그 여러겹의
외피들이 다 벗겨져 버린 후에 남는 것이 무엇일까.
허물을 벗은 나를 상상했습니다. 나만의 방에서는 가능한
일이 될지도 모르겠습니다. 추구하는 목표, 주변의
시선, 잡다한 일과들, 돌봐야 할 사람들, 그런 외부적인
요소들에서 벗어나는 때가 필요한 것 같아요. 비어있는
오롯한 나만의 방. 나는 어떤 모습을 하고 있나요.

외부   나

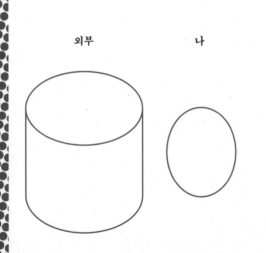

계단 밑에 친구와 박스를 쌓아놓고 숨어 있던 비밀본부가
기억나세요. 칼로 긁어 이니셜을 남긴 독서실 책상이
있었나요. 그때는 어떤 방을 꿈꾸었던가요. 지금은 어떤
방을 꿈꾸나요. 과거의 방, 미래의 방을 종이에 그려보고
또 적어보세요. 구체적인 모습, 인상적인 기억, 사소하게
희망하던 것들을 상상해볼까요.

당신의 유년 시절의 '방'은 어땠나요. 혼자 또는 형제와 함께
썼나요.

1. 7살의 나의 방. 그리고 그때의 나에게 해주고 싶은 말

2. 14살의 나의 방. 그리고 그때의 나에게 해주고 싶은 말

3. 21살의 나의 방. 그리고 그때의 나에게 해주고 싶은 말

4. 51살의 나의 방. 그리고 그때의 나에게 해주고 싶은 말

5. 71살의 나의 방. 그리고 그때의 나에게 해주고 싶은 말

나에 대해 구체적으로 써볼까요? 아래의 질문에 대한 답을 적어보세요. 조금 더 써보고 싶다면 노트 한 두 페이지 정도 분량으로 적어보세요.

1. 내가 좋아하는 것은?

2. 최근에 가장 기뻤던 순간은?

3. 살면서 가장 힘들었던 순간은?

4. 살면서 두 번째로 힘들었던 순간은?

5. 지금 가장 하고 싶은 것 다섯 가지는?
(예를 들어 혼자 조조 영화보기, 주먹밥 들고 산책가기 등등
지극히 사소한 것도 괜찮습니다.)

지금 당신은 어떤 방에 있나요? '추구하는 모습'과 '현재의 모습'이 일치하나요? 둘 사이의 간극이 크면 클수록 오히려 마음은 허덕이고 있을지도 모릅니다. 목표를 너무 높게 세워 스스로를 지나치게 옭아매는 것은 아닐까요? 추구하는 모습과 현재의 모습을 네모 칸을 채워 가늠해보세요. 모든 것을 힘들게 만드는 것은 내가 아닐지, 나를 평가하는 잣대를 점검해보세요.

최고의 나   **최악의 나**

☐ ☐ ☐ ☐ ☐ ☐ ☐ ☐ ☐ ☐

"요즘 마음이 어떠세요"라는 질문은 바로 그곳, 그녀 존재의 핵심을 정확하게 겨냥한 말이다. 그 질문은 그녀의 미모나 경력, 학벌이나 스펙처럼 그녀 존재가 달고 있는 액세서리를 언급하며 던진 화사한 질문이 아니라 그 모든 것을 다 제치고 그녀의 존재 자체, 그중에서도 존재의 핵심인 감정에 대한 주목과 안부를 묻는 질문이었다. 그것이 심리적 CPR을 행할 정확한 위치이다.

[당신이 옳다], 정혜신

나의 방에 부족한 것   vs   나의 방에 넘쳐나는 것

서두를 펼요가 없습니다. 재치를 번뜩일 필요도 없지요. 자기 자신이

아닌 다른 사람이 되려고 할 필요도 없고요.

[자기만의 방] 버지니아 울프

나를 마주하는 방. 이 방 안에서 무너지기도 하고 또다시 일어나기도 합니다. 이러한 과정들을 거치면서 단단해지는 것 같아요. 스스로를 옭아매기보다는 작은 실천들을 옮겨가면 어떨까요. 나의 방에서 나와 나는 점점 가까운 사이가 되어가면 좋겠어요. 내 방으로의 여정이 점점 더 흥미롭고 달콤해지길 고대합니다.

나의 방에서 하고 싶은 일 10가지를 적어보세요.
(실현가능성은 염두에 두지 말고 써보세요. 소소한 것부터
황당한 것까지 모두 괜찮습니다. 단지 펜으로 적어내려가는
뿐이니까요. 생각이 나지 않거나 너무 많이 생각나더라도 딱 열
가지를 순서대로 꼽아보세요.)

그래, 이건 저택이고, 문이고, 계단이다. 벌써부터 짜릿한 기분이 든다. 레몬을 자르기만 했을 뿐인데 이미 혀에서 신맛이 도는 것 같다.

〔내 방 여행하는 법〕 그자비에 드_메스트르

이상영
@eumedit
디자인이음에서 책을 만들고 있습니다.
작은 방에서 시를 읽는 것, 본 적 없는 상자에
대해 이야기를 나누는 것, 함께 쓰는 마음을
좋아합니다.

당신의 밤이 속삭일 때

2020년 11월 2일 1판 1쇄 발행

지은이
박지용, 이도형, 안리타, 임화경, 이상영

디자인
서상민

디자인이음
등록일 2009년 2월 4일 제300-2009-10호
서울시 종로구 효자동 62 02-723-2556
designeum@naver.com